Matti Henri Schrader

Im Gedanken

Matti Henri Schrader

Im Gedanken

Wir denken alle, nur wenige sagen, noch weniger
Handeln

Goldene Rakete Verlag für Belletristik

Imprint

Cover image: www.ingimage.com

Publisher:
Goldene Rakete Verlag für Belletristik
is a trademark of
Dodo Books Indian Ocean Ltd. and OmniScriptum S.R.L publishing group

120 High Road, East Finchley, London, N2 9ED, United Kingdom
Str. Armeneasca 28/1, office 1, Chisinau MD-2012, Republic of Moldova, Europe
Printed at: see last page
ISBN: 978-620-0-52120-0

Manuskript

Autor: Schrader Matti Henri
Anschrift: Schillerplatz 13, 06198 Salzatal
Tel: +49 160 8180053
E-Mail: mattihenri05@gmail.com

Exposé:

Die Gedichte in meinen Manuskript spiegeln meine eigene Erfahrungen, Schicksale und die Sicht auf die heute Welt. Sie sind durch Zufälle entstanden und haben kein bestimmtes Thema, nur das was mir grad im Kopf herumgeschwirrt ist. Es zeigt Höhen und Tiefen, Lehren und Dummheiten, es spielen auch ein paar persönliche Schicksale mit.

Ich wünsche Ihnen viel Spaß beim lesen meines erstens Manuskriptes und hoffe das ich eine positiven Eindruck hinterlassen kann.

Geleitet von Vorurteilen,
Nehmen aus Leid der anderen ihre Vorteile,
Es ist egal was andere sagen,
Denn sie haben hier das Sagen,
Keiner hört die Schreie der Opfer,
Wenn einer was sagt verstummen alle anderen,
Sie kennen nichts anderes als ihre Sichtweite,
Lassen nebenbei die Welt verrotten,
Man sieht sie oft genug auf Cover-Seiten,
Nebenbei über anders denkende spotten,
Vernichten dabei unsere Gesellschaft mit ihrer Technologie,
Es ist eine bekannte Epidemie,
Nur merken es immer weniger,
Und manipulieren die Wahl mit Twitter,
Was bringt sie uns?
War sie doch gedacht zu unserer Gunst.

Wie oft?

Wie oft werde ich noch glauben,
Glauben das sie wieder kommt in mein Loft,
Diesen Gedanken wird sie mir nie rauben,
Jeden Abend sitze ich am Fenster,
Ja am Fenster und warte,
Ich warte auf sie,
Ich weiß schon nicht mehr wie oft ich raus starrte,
Und auch jeden Abend denke ich ans wie,
Wie kann man so etwas nur jemanden antun?
Und doch jeden Tag auf cool tun,
Doch vielleicht ist es mein Schicksal,
Schicksal hier auf sie zu warten,
Um eines Tages neu zu starten,
Ich war für sie nur eine Zahl.

Bin ich komisch,
Wenn ich andere ignoriere chronisch?
Denn was andere Menschen sagen ist nicht mehr normal,
Denn Ihnen ist längst, was andere fühlen, egal,
Und können nicht Gefühlvoll kommunizieren verbal,
Jede Diskussion endet wie ein Riesen Streit,
In jeden Kopf geht es nur um den Neid,
Und man hört nur den wer am lautesten schreit,
Man ändert sich um dazu zugehören,
Und merken selbst nicht wie wir uns damit zerstören,
Sehen nicht wie wir ein Unwetter herbei beschwören!

Und wieder saß sie dort,
Wieder an den selben Ort,
Um sie herum scheint alles perfekt,
So wie ihre Augen, Haare und ihr Lächeln,
Die mich immer lassen schwächeln,
Und immer wieder froh das ich sie hab entdeckt,
Sei es auch nur eine stille Liebe,
Sie gibt mir mehr als andere,
Denn es gibt keine charmantere,
Denke selbst an sie im liegen,
Und dabei immer die selben Fragen,
Denn wie soll ich es ihr nur sagen?
Und werd ich wieder versagen?

Im Kopf,
Im Kopf ist jeden Tag sie,
Denn sie hat angeregt meine Fantasie,
Spür nicht nur mein Blut, nein, auch wie mein Herz klopft.

Meine Gedanken,
Sie drehen als wäre sie der Mittelpunkt,
Merke immer wieder wie sehr mein Herz pumpt,
Fühlt sich an als könne man an Liebe erkranken.

Doch ich schweige,
Ich schweige, denn ich habe ihre Augen,
Die scheinen als würden sie Schönheit nur so ansaugen,
Wir schauen uns an in der Bahn, wir beide.

In mein Kopf bist immer nur Du,
Auch wenn du nichts dafür tust,
Egal wo ich bin, in Bahn, Auto oder Zug,
Doch ich fühl mich längst nicht genug.

Bist in meinen Augen ein Traum,
Für den ich jeden Morgen aufsteh,
Doch der Tag soll nie vergehn,
Sind wir auch nicht im selben Raum.

Die Gedanken drehen um dich,
Bist du auch eine Namenlose,
Schenk dir gern eine Rose,
Würd ich dich nur ansprechen endlich.

Du bist mehr,

Du bringst mich auf dumme Gedanken,

Dir hab ich schlaflose Nächte zu verdanken,

Seitdem du da bist ist mein Herz auf Rückkehr,

Du bist Liebe - nein du bist Sehnsucht,

Bist mein Ausweg - meine Zuflucht,

Meine Zuflucht aus der Realität,

Aus den Ort wo ich nicht ich bin,

Mein Herz ist deins seit Anbeginn,

Bei dir gibs keine Angst vor Loyalität,

Mit dir ist meine Einsamkeit verkehrt,

Denn du bist mehr.

Verlust ist hart,
Immer wieder der Zustand in den ich verharr,
Jeden Tag denk ich an die alten Zeiten,
Erinner mich wie wir jeden Tag streiten,
Die Trauer nagt an mir,
Sie nagt an Körper und Geist,
Fühl mich voller Einsamkeit,
Doch anders war es nicht mit dir,
Hast dich nie um mich gekümmert,
Lag ich im Bett noch so ein gekümmert,
Jede Träne für dich vergossen,
Doch hast jede Schuld auf mich geschossen.

Wieder saß da Sie,
Jedesmal Liebe auf mein Herz gießt,
Ohne jedes Wort,
Nur das Sie saß dort,
Das lächeln ihrer Augen,
Und ihr Lächeln was nicht zum lügen tauge,
Jedesmal mein Herz im Wahn,
Wenn Sie da sitzt in der Bahn,
Ob Sie was Ahnt?
Denn immer ist Sie der Star,
Mit ihren Orangenen Haar,
Schnappt Sie mir jeden Verstand,
Setzt mein Herz in Brand.

Wie jeden Tag,
Aufgestanden mit Niederschlag,
Bin eingestiegen in die Bahn,
Doch da saßt du und wirfst mich aus der Bahn,
Unglaublich mit ihren roten Haar,
Stell mir vor wie wie wär'n als Paar,
Hast mich umgehauen in der Sekunde,
Hast mich an dich gebunden,
Doch dann nächste Station,
Endstation für meine Vision,
Sie stieg aus,
Ich schau zu ihr raus,
Sah in ihre Brauen Augen,
Die nicht zum Lügen taugen,
Will sie wiedersehen,
Doch wird dieser Traum eingehen.

Sie steht jeden morgen auf,
Doch ihre Gedanken sagen lauf!
Ihr Leben fühlt sich an wie ein Leerlauf,
Wollt schon längst finden eine Lösung,
Wie oft wollte sie sich schon erlösen?
Von Außen so wunderbar ihr Leben,
Doch was sie braucht kann ihr keiner geben,
Sie weiß schon nicht wie oft sie davon träumte,
Denn es gibt für sie nicht viele Freunde,
Was sie wirklich fühlte blieb verborgen,
Doch passierte es an einen Montagmorgen.

Rot,

Allein an den Gedanken an dich werd ich froh,

Will nie erleben meinen Tot,

Hast mich nie in Ruh gelassen,

Will dich dennoch nie verlassen,

Jeder Moment mit dir toll,

Dein Charakter wie Gold,

Jede Geste gut durchdacht,

Bist meine Herzens-wacht,

Vermisse dich in jeder Nacht.

Du,

Bist die Person für die ich alles tu,

Denn bei uns wird nie erschlischen unsere Glut,

Mit dir zusammen wird alles gut,

Will kein Tag mit dir verschwenden,

Denn das mit dir werde ich nie beenden,

Weil ich dir immer meine Liebe sende,

Auch wenn ich das Wort Liebe zu viel verwende,

Doch bei dir kennt sie kein Ende,

Wirst du auch nie das selbe spüren,

Werd ich dich immer durchs Leben führ'n.

Hab dich in der Nacht kennengelernt,
Dein Lächeln hat direkt mein Herz erwärmt,
Mit dir hab ich gelernt zu leben,
Haben zusammen gelernt auf Wolke 4. zu schweben,
Doch wissen wir alles hat ein Ende,
Doch wollt ich vor den Ende noch nach Kiel,
Doch war das für immer nur ein Spiel,
Für uns waren es immer komplizierte Umstände,
Doch hab ich immer an uns geglaubt,
Hast seit Tag eins mein Herz geklaut,
Doch deine letzte Nachricht kam schon an,
Die hieß ach komm lass es sein bis dann,
Seitdem ist mein Herz noch immer bei dir,
Mein größter Wunsch mit dir ein wir.

Sitz gegen über mir eine Frau,
Da denk ich mir wow,
Dennoch fehlt mir der Mut,
Könnte werden eine Riesen Lovestory doch denk ach sei gut,
Als wäre es das erste mal,
Doch wird es nicht sein das letzte mal,
Tag für Tag die gleiche Leier,
Ich bin mir selbst oft fremd,
Bin oft von mir selbst gehemmt,
Doch andere sind wie Geier,
Hab viel schon verpennt,
Noch dazu oft den perfekten Moment,
Lernt man doch damit schnell um,
Fühl ich mich oft dumm.

Geleitet von Vorurteilen,
Nehmen aus Leid der anderen ihre Vorteile,
Es ist egal was andere sagen,
Denn sie haben hier das Sagen,
Keiner hört die Schreie der Opfer,
Wenn einer was sagt verstummen alle anderen,
Sie kennen nichts anderes als ihre Sichtweite,
Lassen nebenbei die Welt verrotten,
Man sieht sie oft genug auf Cover-Seiten,
Nebenbei über anders denkende spotten,
Vernichten dabei unsere Gesellschaft mit ihrer Technologie,
Es ist eine bekannte Epidemie,
Nur merken es immer weniger,
Und manipulieren die Wahl mit Twitter,
Was bringt sie uns?
War sie doch gedacht zu unserer Gunst.

Kugel für Kugel,
Spiel für Spiel,
Konzentration auf höchsten Niveau,
Und das höchste zum erreichen der Flow.

Kämpfe um jedes Holz zum Sieg,
Meine Kugel zum Kegel fliegt,
Die Mannschaft jubelt bei jeder neun,
Jeder hier vom Großen Titel träum.

Alles zu geben für den Erfolg,
Alles zu geben für jede Kleinigkeit,
Genau das ist es was uns Antreibt,
Auch wenn am Ende nur eine Tabelle bleibt.

Geformt vom Internet,
Gelernt aus Internetzhetze,
Wissen aus Schlagzeilen,
Gesellschaft mit Vorurteilen,
Man soll sein bescheiden,
Und einschränken vermeiden,
Ärmere Menschen meiden,
Aber nicht wollen das Menschen leiden,
Der Größte Gedanke die Gier,
Danach kommt erst das Wir,
Von uns wegschauen,
Und für die Kapitalisten Welten bauen,
Wie soll man sich da finden?
Wenn man froh ist die Zeit zu überwinden.

Meine Gedanken fliegen an mir vorbei,
Ich hab längst den Faden verloren,
Kenn ich auch niemanden der hat ein offenes Ohr,
Groß ist wenn ich weine der Aufschrei.

Meld mich bei alten Freunden ohne jegliche Reaktion,
War ich je wichtig für eine Person?
Dieser Gedanke quält mich,
Vielleicht brauch ich ein neuen Anstrich.

Hab ich auch viel falsch gemacht in der Zeit mit dir,
Gab es für mich immer nur mit dir ein wir,
War die Zeit noch so schwer,
Wollt ich immer nur dich und nicht mehr.

Hab ich auch mich auch nicht immer richtig Verhalten,
Und nicht mein Gehirn hab eingeschaltet,
Tu ich dies auch jetzt,
Ist jede Sekunde, jede Minute, jede Stunde ohne dich festgesetzt.

Mein Herz ist Kühl,

Mein Herz ist so Heiß,

Du kühlst mich wie Eis,

Hab schon längst vergessen zu fühl'n.

Hat ich ewig schon keine Kuschel Partie,

Bei mir macht mein Hirn eine ganz bestimmte Biochemie,

Du fehlst mir seit Tag eins,

Liebe von uns alle Details.

Sind schon seit Ewigkeit zusammen,

Werd dich für immer von mir verbannen,

Sind zusammen gegangen zu vielen Ausflügen,

Warum musstest du uns belügen?

Alles geht zu schnell heute!

Und was wird es morgen?

Werden es mehr Sorgen?

Bin so allein trotz vielen Leuten...

Keiner Fragt nach meinen Wohlergehen

Wer wird mit mir gehen?

Nur verletzten mich die Gäste...

Bin ich mir selbst das beste?

Ist die Liebe auch noch so schwer zu finden,
Jeden Berg zu überwinden,
Glaub mir es gibt dort jemanden der genauso ist wie du,
Wenn du ihn findest geh auf ihn zu,
Man braucht keine Angst zu haben,
Nicht in ein Loch eingraben,
Keine falschen Sorgen machen,
Am Ende verlieren die Schwachen.

Wenn der Tag mit Regen startet,
Wird das noch ein wundersamer Tag,
Denk an diesen Rat,
Denn es werden die richtigen Karten.

Wird Wind und Wetter gegen dich sein,
Einer wird immer hinter dir sein,
Und wenn es keiner Tut,
Sei selbst diese Person die dir gut tut.

Läuft ein Küklein um die Straße,
Kommt ein Fuchs daher geraten,
Schaut der Fuchs nach der Beute,
Ist das Küklein schon bei Leuten.

Kommt die Mutti daher geschwommen,
Macht den Fuchs schon ganz benommen,
Küklein sprintet zur Mutti und freut sich,
Sagt es zur Mutti was ich bloß wär ohne dich.

Plötzlich bist du in meinem Kopf,
Als du an meinem Handy klopfst,
Meine Finger zitterten als ich dich sah,
Auf einmal ist alles wieder da.

Denke daran sich bei dir zu melden,
Wir waren zusammen beide Helden,
Ich wünsch mir so sehr dich an meiner Seite,
Nach dir wird es geben keine zweite.

Doch beherrscht die angst das du schon einen hast,
Denke nach ob es mit uns überhaupt passt,
Für dich fühl ich keinen Hass der bliebe,
Noch immer sag ich das ich die liebe.

Du hast mein Herz zertrümmert,
Hab mich trotzdem um dich immer gekümmert,
Damit du dein Lächeln behältst,
Doch fehlt meins selbst.

Solltest nie eine Träne vergießen,
Doch könnte ich mich selbst täglich erschießen,
Hab alles getan damit es dir gut geht,
Nur bei mir hat es gefehlt.

Habe dir jeden Tag gezeigt wie wertvoll du bist,
Hast mir nur gezeigt das ich sei Mist,
Hast du überhaupt gemerkt das ich dir alles gab?
Nun liege ich allein im Grab.

Die Hoffnung in mir auf ein wir,
Lebt weiter in ein Teil von mir,
Wirst du auch nicht mehr bei mir sein,
Warst du auch der fehlende Baustein.

Nun bin ich ganz allein auf der großen Welt,
Und finde nichts was mir gefällt,
Wollt ich immer sein dein Held,
Doch hast du dein Herz bei mir kalt gestellt.

Warst immer alles für mich,
Doch war deine Liebe nur ein Anstrich,
Muss allein um mein Überleben kämpfen,
Konntest meine Sorgen nie dämpfen.

Früher hab ich die Zukunft mit dir gesehen,
Doch hast du alles getan um zu gehen,
Reden uns ein das wir mehr Zeit haben,
Und dennoch schreiben wir Großbuchstaben.

Sagen jedem das es einen gut geht,
Doch finden wir selbst nicht mehr den Weg,
Chaos im Kopf ist angesagt,
Überlegen ständig wer nun hat versagt.

Doch nur die Zeit bringt dir Antworten auf die Fragen,
Man muss viele schwere Zeiten ertragen,
Doch nur die guten werden dies vertragen,
Denn die richtige Person kommt nicht nach ein paar Tagen.

Was hab ich nicht alles versucht,
Doch hast du alles was ich tat verflucht,
Jede andere hätte genau das gesucht,
Doch hast du dir lieber ein gefühllosen gebucht.

Wie oft hab ich dich in der Nacht angerufen,
Doch bist du selten für mich ran gegangen,
Um mir sagen zu können das ich dich mehr soll anrufen,
Könnten uns nie mehr abfangen.

Doch nun liegen all die Erinnerungen im Kopf,
Werde nie rausschmeißen unsern Blumentopf,
Doch gedeihen die Blumen dort und ich leide da neben,
Wollt immer mit dir nur ein Leben.

Jetzt hab ich wieder Liebeskummer dank dir,
In jeden Moment ich mich immer mehr verliere,
Doch jetzt denk ich wieder an dich,
Und du wirst kein einzigen Augenblick an mich.

Ich heule mein Bett wieder voll,
Und ich sag es wär alles toll,
Täusche jeden als wärst du mir egal,
Doch wirst du immer sein meine erste Wahl.

Ich Idiot liebe noch immer uns,
Und du ziehst schon um mit deinen neuen Jungs,
Mein Herz zerbricht immer mehr,
Will endlich wieder Heimkehrn.

Warum streben wir immer nach liebe?

Nur zum zufriedenstellen unsere Triebe?

Obwohl sie den schlimmsten Schmerz auslöst,

Und wir uns oft fragen wann man uns endlich davon erlöst.

Doch gibt sie uns auch das Gefühl vom Glück,

Und ein Mensch wird auf einmal ein Kernstück,

Doch pass gut auf dich auf,

Denn es geht nicht immer nur bergauf.

Will für dich sein ein Poet,
Will dir zeigen wie die Sonne aufgeht,
Damit du verstehst was du für eine Schönheit du bist für mich,
Ich hab gelernt das ich niemanden sonst will außer DICH.

Für dich geh ich ewig in die Antarktis,
Oder suche die verlorene Stadt Atlantis,
Damit du siehst was du mir bedeutest mein Schatz,
Für dich wird es nie geben ein Ersatz.

Du bist mein Lebensglück,
Bist mein ungesuchtes Herzstück,
Gebe alles für dich sowie du für mich,
Dafür sag ich nur Ich Liebe Dich.

Warte seit Stunden auf eine Nachricht von dir,
Doch wirst du mir nie mehr antworten hier,
Sitzt lieber mit deinen neuen am See,
Dort wollten wir am nächsten Tag hin welch Ironie.

Mein Herz zerbricht in der Zeit,
Während deins bei ihn gedeiht,
Und alles nur wegen ein kleinen Streit,
In mein Herz zieht herbei eine Eiszeit.

Dieses Gefühl allein zu sein,
Bevor du gingst hab ich dir vertraut,
Fühlte mich nie allein war es alles nur Schein,
Hab dich gefragt ob du wirst meine Braut.

Nun liege ich hier mit deinen Ring,
Wirst nie erfahren wie es mir wirklich erging,
Denk daran wie alles anfing,
Und trotz allem hoffe ich das es dir besser erging.

Du stehst neben mir,
Doch sind wir getrennt hier,
Stehst da mit deinen neuen Fahrgast,
Für den du dich entschieden hast.

Auf einmal waren die Gefühle von früher da,
Die Verführung ist so nah,
Doch willst du ihn wie mich belügen?
Nun müssen wir uns dem Schicksal fügen.

Einmal bin ich froh dich zu haben,
Den anderen Tag könnte ich dich hassen,
Dann könnt ich mich begraben,
Wann anders könnt ich dich nie loslassen.

Warum ist es so eine Achterbahn,
Wir haben soviel gemeinsam getan,
Kann es nicht einmal eine ruhige fahrt sein,
Dann wär alles so fein.

Doch wär das doch alles viel zu leicht,
Und doch trotz all des Streits gibt es Glück so weit das Auge reicht,
Gaben uns zusammen einen neuen Anstrich,
Ich Liebe Dich!

Ich sagte so oft bleib bei mir,
Dann könne wir gemeinsam glücklich sein hier,
Das beste Gefühl der Welt fühl ich nur bei dir,
Da hilft auch keine Manier.

Doch wer gibt uns jetzt das Gefühl?
Ist die Welt ohne dich auch so kühl,
Nirgends fühl ich mich so wohl wie bei dir,
Hab ich nun keinen Freund mehr bei mir.

Mit dir hatte ich die große Chance auf Glück,
Denn du warst mein Kernstück,
Doch nun bist du weg,
Jetzt lieg ich hier allein im Eck.

Gehe raus in Welt als glückliche Person,

Komme zurück als kaputter und trauriger Mensch mit Lektion,

Das man die Narben nie von bösen Menschen erhält,

Nur von den Menschen die sie als verliebt hin stellt.

Mein Herz wurde immer "von der einen" zerstört,

"Ich pass auf dich auf für immer" hat sie geschwört,

Doch wer glaubt das heute noch?

Lernt man doch immer kennen das Arschloch.

Was mussten diese Menschen erleben damit sie so was tun?

Ist doch die Liebe doch der größte Reichtum,

Wie soll man so einen Menschen noch vertrauen,

Wie will man so eine gemeinsame Zukunft erbauen.

Manchmal will ich in die Zeit zurück,
Manchmal will ich in die Zukunft vielleicht hätte ich dort Glück,
Vielleicht sind wir dort wieder ein Stück,
Denn in Gegenwart hab ich nur Unglück.

Geb ich jeden Menschen auch ein Lächeln,
Wünsch niemanden Unglück im Leben,
Warum denkt es denn das man mir das ganze Unglück muss geben,
Denkt es das ich unbedient muss schwächeln?

So viele Erinnerungen die Vergangenheit sind,
So viel was nie mehr passieren wird,
Weil unser Leben ist ein Labyrinth,
Alles fing an mit einen kleinen Flirt.

Hätten nie gedacht was alles passiert,
Doch jetzt wird nichts mehr passieren,
Denn du hast mich blockiert,
Hab lange gebraucht um alles zu kapieren.

Ein Tag und Tag aus,
Weine ich meine Augen aus,
Und alles dank dir,
War ich auch nicht ganz unschuldig bei dir.

War jeder Tag doch wie ein Traum,
Doch jeder Traum hat ein ende und du brauchtest deinen Freiraum,
War immer da für dich bei jeder Kleinigkeit,
Es verging viel zu schnell die Zeit.

Ich bereue jeden Fehler von mir,
Wär ich zu gern doch bei dir,
Würd dir jeden Fehler verzeihen,
Bei dir würd ich wieder gedeihen.

Doch das ist nur ein Traum diese Chance,
Bin ohne schlaf ständig in Trance,
Würde ich auch jeden Tag mit dir aushalten,
Bei dir konnt ich mich mal abschalten.

Stell mir oft vor,
Das du vorbei kommst,
Wäre es auch nie umsonst,
Auch wenn ich alles verlor,

Als du ging's,
Lag ich am Boden,
Denk wie es anfing,
War immer da auch bei dein Perioden,

Hab dir alles gegeben,
Auch wenn es wenig war,
Meine Zeit leider war rar,
War immer an dir vergeben,

Doch dir war nur die Zeit wichtig,
Denkst das wäre richtig,
Nimmst ein ohne Ziele,
Für dich hat ich viele Profile,

Hab mich geändert für dich,
Jetzt merk ich das es falsch war,
Bist mir peinlich,
Jedes Jahr,

Hast mich immer runter gemacht,
Jetzt bin ich erst erwacht,
Besser jetzt als nie,
Will nur die passende Chemie,

Werd ich auch allein sein,
Du bist nur Schein,
Hab jemanden verdient der mich wirklich liebt,
Jemand der nie aufgibt,

Hab kein einzigen Tropfen liebe für dich,
Der eine Tag war der letzte Trennstrich,
Du bist gestorben für mich,
Es gibt kein „ich liebe dich"

Printed by Books on Demand GmbH, Norderstedt / Germany